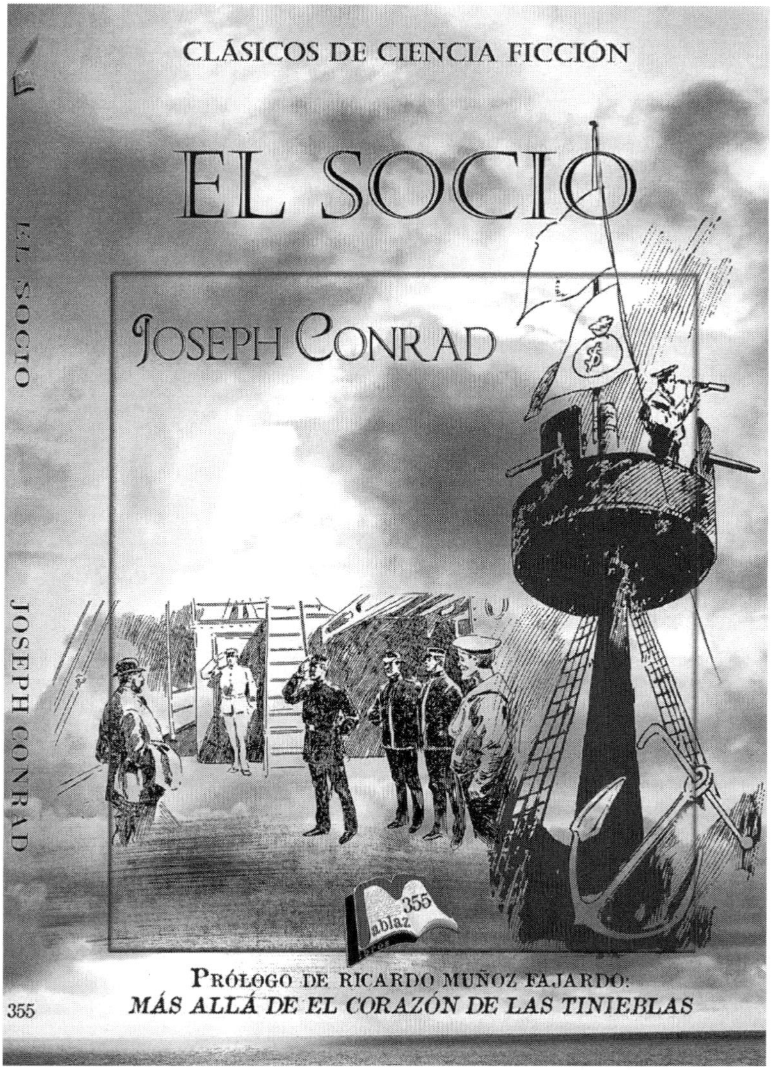

EL SOCIO

JOSEPH CONRAD

EL SOCIO

JOSEPH CONRAD

355

PRÓLOGO DE RICARDO MUÑOZ FAJARDO:
MÁS ALLÁ DE EL CORAZÓN DE LAS TINIEBLAS

Ciencia Ficción y Fantasía - 127

El socio
Primera Edición, mayo de 2024

© De esta edición, Libros Mablaz, 2024

Blogs:
Editorial Libros Mablaz
http://editoriallibrosmablazycienciaficcion.blogspot.com.es/
Ciencia ficción y fantasía en Libros Mablaz:
http://mablazlibros.blogspot.com.es/
Introducción a las obras de Libros Mablaz:
http://librosmablazextractos.blogspot.com.es/
Libros Mablaz en Facebook:
https://www.facebook.com/groups/530547690292189/
Tu Librería en Casa:
https://www.facebook.com/TuLibreriaEnCasa
Librería Crisis–Neogénesis:
http://www.todocoleccion.net/neog%C3%A9nesis_vendedorTC

Diseño de cubiertas: Mari Carmen López

ISBN: 978-84-128261-6-6
Depósito Legal: M-9125-2024

LIBROS MABLAZ - 355

El socio

Joseph Conrad

Prólogo: Más allá de
El corazón de las tinieblas

Joseph Conrad, ruso de nacimiento nacionalizado británico, es uno de los autores fundamentales de la narrativa europea de finales del siglo XIX y principios del siglo XX, con grandes libros de su autoría publicados, en el que es muy archiconocido el imprescindible *El corazón de las tinieblas*, una novela de no demasiada extensión que se ciñe a la temática que suele tocar en sus libros, la aventura, un plagio de su vida, dicho esto entre comillas, por sus andanzas como marinero o viajero sin más a lo largo y ancho del globo, que narra una travesía por el salvaje río Congo.

Otros libros del mismo talante de Conrad son *El Negro del Narciso*, *Lord Jim*, *Nostromo* o *El agente secreto*.

La cuestión es que estas reediciones que está llevando a cabo la editorial Libros Mablaz intentan ceñirse a la ciencia ficción, la fantasía o incluso a alguna obra de terror. Por eso, hemos elegido a *El socio* como la obra a reeditar, que está en el ámbito de esta colección.

El socio no narra una aventura prodigiosa en los mundos que los países europeos exploraban en ese momento de la historia tan imperialista por su parte, si no que se relata una historia desde diferentes planos, desde el punto de vista de dos asociados de muy diferente catadura moral, en el que el «malo» convence al otro para engañar al seguro hundiendo uno de sus buques. A partir de ahí, Conrad realiza un destacado juego psicológico en el que muchas veces es difícil distinguir qué es verdad o mentira.

Ricardo Muñoz Fajardo

El socio

Joseph Conrad

—Vaya historia absurda. Los marinos aquí en Westport han estado contando esta mentira a los veraneantes durante años. Al tipo que llevan en barca por un chelín por cabeza... y hace preguntas estúpidas... algo hay que contarle para pasar el tiempo. ¿Conoce algo más tonto que el que te lleven en barca a lo largo de una playa?... Es como beber limonada aguada cuando no tienes sed. ¡No sé por qué lo hacen! Ni siquiera se marean.

Un vaso de cerveza permanecía olvidado junto a su codo, el local era una pequeña sala de fumadores respetable de un pequeño hotel respetable. Mi gusto por conocer gente me llevó a quedarme con él hasta tarde. Sus grandes mejillas planas y arrugadas estaban afeitadas, un grueso mechón cuadrado y canoso pendía de su barbilla, su movimiento proporcionaba credibilidad adicional a su grave forma de expresarse y su desdén por el género humano, por sus actividades y conducta moral, se reflejaba en la manera informal de llevar su gran sombrero flexible de fieltro negro y ala ancha, que siempre llevaba puesto.

Su aspecto era el de un viejo aventurero jubilado tras muchas experiencias inmorales en las más oscuras zonas de la tierra, pero yo tenía razones para creer que nunca había salido de Inglaterra. Por un comentario fortuito que alguien dejó caer supuse que en sus años de juventud debió de estar relacionado con la marina..., con barcos en muelles. Era muy individualista, y esto fue lo que atrajo mi atención en un primer momento. Pero no era fácil de clasificar y antes de terminar la semana le etiqueté con la vaga definición de "viejo rufián imponente".

Una tarde lluviosa, oprimido por un mortal aburrimiento, entré en la sala de fumadores. Él estaba allí sentado en absoluta inmovilidad, que era impresionante y realmente como la de un faquir. Comenzaba a preguntarme cuáles podían ser las relaciones de esta clase de hombre, su "ambiente", sus vínculos privados, sus intereses, su moral, sus amigos e incluso su esposa... cuando, para mi sorpresa, comenzó una conversación con voz profunda y murmurante.

Debo decir que desde que alguien le dijo que yo era un escritor de historias había pasado a saludarme por las mañanas con leves gruñidos.

Era en esencia un hombre taciturno. Había un toque de mala educación en sus frases incompletas. Pasó algún tiempo antes de descubrir que lo que le interesaba era el proceso mediante el cual las historias..., historias para periódicos..., se gestaban.

¿Qué se le podía decir a un tipo como ese? Pero yo estaba mortalmente aburrido, el tiempo seguía horrible y decidí ser amable.

—De manera que se inventa usted

estos cuentos. ¿Cómo consigue que le vengan a la cabeza? —preguntó con voz profunda.

Expliqué que uno normalmente conseguía una idea para un cuento.

—¿Qué clase de idea?

—Bueno, por ejemplo —dije—, el otro día me llevaron en bote a las rocas. Mi barquero me contó el naufragio que hubo en estas rocas hace cerca de veinte años. Eso podría utilizarse como idea para un fragmento de historia principalmente descriptivo con un título como "En el Canal", por ejemplo.

Fue entonces cuando arremetió contra los barqueros y los veraneantes que escuchaban sus cuentos. Sin mover un músculo de la cara emitió un poderoso "sandeces" desde algún lugar proveniente de las profundidades de su pecho, y continuó con su murmullo ronco, fragmentario. "Miran fijamente las ridículas rocas... afirman con sus ridículas cabezas... ¿Qué creen que es un hombre?... ¿una bolsa de papel reventada o qué?... que hace pum cuando le golpean... Maldita historieta estúpida... ¡Vaya idea!... ¿Una mentira?"

Hay que imaginar a este majestuoso

rufián coronado por el ala negra de su sombrero, soltando todo esto igual que un perro viejo gruñe a veces, con la cabeza alta y los ojos mirando al infinito.

—¡En efecto! —exclamé—. Bueno, pero incluso sin ser cierto es una idea que me permite ver estas rocas, este vendaval del que hablan, las marejadas, etc., etc., en relación con el género humano. La lucha contra las fuerzas naturales y el efecto de todo esto en al menos un, digamos, exaltado...

Me interrumpió con un agresivo:

—¿Aceptaría usted la verdad?

—No sabría qué decirle —respondí con cautela—. Dicen que la verdad es más extraña que la ficción.

—¿Quién lo dice? —profirió.

—¡Oh! Nadie en particular.

Me volví hacia la ventana, pues el arrogante mendigo con su inmóvil brazo sobre la mesa era incómodo de mirar. Supongo que mi comportamiento informal le condujo a un discurso relativamente largo.

—¿Ha visto usted alguna vez un montón de rocas tan ridículo? Son como ciruelas en una ración de pudín frío.

Las estaba mirando..., un acre o más de puntos negros esparcidos en las sombras gris acero del mar en calma bajo la uniforme, fina niebla gris con una mancha informe más brillante en una zona..., la velada blancura de un acantilado destacando como un difuso resplandor misterioso. Era un cuadro delicado y maravilloso, algo expresivo, sugerente y desolado, una sinfonía de grises y negros..., un Whistler. Pero lo siguiente que la voz a mi espalda dijo me hizo darme la vuelta. Bramó con energía contenida contra toda idea relacionada con mares rugientes, luego continuó:

—Yo... no es ninguna tontería... mirando las rocas de ahí afuera... probablemente recuerda más a una oficina... que en una época yo solía visitar de vez en cuando... una oficina en Londres... en una de esas calles pequeñas detrás de la estación de la calle Cannon.

Era muy pausado; nada espasmódico, solo fragmentario, a veces irreverente.

—Esa es una conexión muy remota —observé, acercándome a él.

—¿Conexión? Al infierno con sus

conexiones. Fue una casualidad.

—Aun así —dije—, una casualidad tiene sus conexiones hacia atrás y hacia delante que, si pudieran formularse...

Sin moverse parecía prestar atención.

—¡Sí! Formularse. Eso es quizá lo que usted podría hacer. ¿No podría hacerlo ahora? No hay vida marina en esta conexión. Pero puede sacarla de su cabeza... si quiere.

—Sí. Podría, si fuera necesario —dije—. A veces vale la pena sacar mucho de la cabeza, y a veces no. Quiero decir que la historia no merece la pena. Todo depende de eso.

Me divertía hablar con él de este modo. Manifestaba claramente su creencia en que los escritores de historias iban tras el dinero al igual que el resto de los que tenían que vivir de su ingenio, y en que era llamativo lo lejos que aquellos que iban tras el dinero podían llegar... Algunos de ellos.

A continuación se embarcó en una diatriba contra la vida marina. La calificó como una forma de vida estúpida. Sin oportunidades, ni experiencia, ni variedad, nada. Algunos hombres admirables salían de ella, admitió, pero si se pensaba no había más opción que huir. Muchachos. Como el capitán Harry Dunbar. Buen marino. Buena fama como capitán. Grandullón; patillas cortas encaneciéndose, cara agradable, voz potente. Un buen tipo, pero con la misma malicia que un bebé.

—Es el capitán del Sagamore de quien habla —dije con seguridad.

Tras un "Desde luego" quedo y desdeñoso, parecía ahora proyectar en la pared con su mirada fija la visión de aquella oficina de la ciudad, "a espaldas de la estación de la calle Cannon", mientras gruñía y entre dientes daba una descripción fragmentaria, levantando el mentón de vez en cuando, como si estuviera enfadado.

Era, según su relato, un modesto lugar de negocios, en modo alguno siniestro pero apartado, en una calle pequeña ahora reconstruida completamente. "Siete puertas más allá de la taberna Cheshire Cat bajo el puente de la vía. Acostumbraba a almorzar allí cuando mis negocios me llevaban a la ciudad.

Cloete solía entrar a comer su chuleta y hacer reír a la chica. Tampoco le hacía falta hablar mucho para ello. Únicamente el modo en que sus anteojos brillaban al mirarte y una mueca de su gruesa boca eran suficientes para hacerte reír antes de empezar con una de sus historietas. Un tipo divertido, Cloete. C-l-o-e-t-e... Cloete."

—¿Qué era?..., ¿holandés? —pregunté, sin comprender en absoluto qué tenía todo esto que ver con los barqueros de Westport, los veraneantes de Westport y la opinión exacerbada que este extraor-

dinario tipo tenía de ellos como menti-
rosos y estúpidos—. "Quién diablos sabe
—gruñó, sus ojos fijos en la pared como
si no quisiera perder un solo movimiento
de una imagen cinematográfica—. En
cualquier caso solo hablaba inglés. La
primera vez que lo vi... salía de un barco
anclado proveniente de Estados Unidos...
como pasajero. Me pregunta por un pequeño hotel cercano. Quería estar tranquilo y ver los alrededores durante unos
días. Le llevé a un lugar... de un amigo
mío... La siguiente vez... en la City...
¡Hola! Eres muy amable... toma una copa.

Habla mucho de sí mismo. Ha estado durante años en los Estados Unidos. Toda clase de negocios en todas partes. También con gente dedicada a los linimentos. Viaja. Escribe anuncios y todo eso. Me cuenta historias divertidas. Es un tipo alto y desgarbado. Pelo negro y de punta como un cepillo, cara alargada, brazos largos, brillo en sus anteojos, jovial forma de hablar... con voz grave. ¿Me sigue?"

Asentí, pero no me estaba mirando.

—Nunca me había reído tanto en mi vida. El miserable... te hacía reír contándote cómo despellejaba a su propio padre. Era capaz hasta de eso. Un hombre que ha estado en el negocio de los linimentos será capaz de cualquier cosa, desde el juego de la moneda hasta el asesinato premeditado. Y eso es una verdad un poco dura para uno. No importa lo que hagan... piensan que pueden meterse en cualquier lío y salir airosos de ello... consideran tonto al mundo entero. Hombre de negocios, Cloete también. Llegó con unos cientos de libras. Buscando algo que hacer... de un modo tranquilo. Nada como la patria después de todo, dijo... Y así nos separamos... yo con más copas en el cuerpo de las que estaba acostumbrado. Pasado un tiempo, más o menos seis meses, me topé de nuevo con él en la oficina del señor George Dunbar. Sí, esa oficina. No era frecuente que yo... Sin embargo, había un asunto relacionado con un cargamento suyo en un barco del muelle sobre lo que quería preguntar al señor George. En esas aparece Cloete saliendo de la habitación del fondo con papeles en la mano. Socio. ¿Entiende?

—¡Ajá! —dije—. Los cientos de libras.

—Y esa lengua suya —gruñó—. No olvide esa lengua. Algunos de sus cuentos debieron de abrirle un poco los ojos a George Dunbar sobre lo que significan los negocios.

—Un tipo convincente —sugerí.

—¡Hum! Usted puede tomarlo como quiera... desde luego. Bueno. Socio. George Dunbar se pone su sombrero de copa y me dice que espere un momento... George siempre daba la impresión de ganar varios miles de libras al año... un pez gordo de ciudad... ¡Vamos, viejo! Y él y el capitán Harry salen juntos... algún negocio con un abogado a la vuelta de la esquina. El capitán Harry, cuando estaba en Inglaterra, solía aparecer regularmente en la oficina de su hermano sobre las doce. Se sentaba en una esquina como un buen chico, leía el periódico y fumaba en pipa. De manera que salen... Hermanos ejemplares, dice Cloete... dos tortolitos... me ocupo de la fruta en conserva de este pequeño y cómodo asunto... Me da esa clase de conversación. Entonces, al poco: ¿Qué clase de vejestorio es ese Sagamore? El mejor barco de ahí fuera... ¿eh? Me atrevería a decir que todos los barcos son excelentes para usted. Vive de ellos. Le diré una cosa, antes metería mi dinero en un calcetín viejo. ¡Mucho antes!

Tomó aliento y noté que su mano, apoyada relajadamente sobre la mesa, se cerraba lentamente en un puño. En ese hombre inamovible el gesto era algo sorprendente, amenazador.

—De manera que, ya en esa época... fíjese... ya —gruñó.

—Pero espere —interrumpí—. Me han dicho que el Sagamore pertenecía a Mundy y Rogers.

Resopló con desprecio. "Malditos barqueros... ignorantes. Izó la bandera de la compañía. ese es otro asunto. Un favor.

Fue así: cuando el viejo Dunbar murió, el capitán Harry estaba ya al mando de la compañía. George dejó el banco del que era empleado, se estableció por su cuenta con su parte de la herencia del viejo. George era un hombre listo. Comenzó en el almacenaje, después dos o tres cosas a la vez: pasta de madera, el negocio de fruta en conserva, y así sucesivamente. Y el capitán Harry le permitió disponer de su parte para sus inversiones... En mi barco tengo todo lo que necesito, dice... Pero, mira por donde, Mundy y Rogers comienzan a vender todos sus barcos a extranjeros... para entrar en el vapor acto seguido. El capitán Harry se disgusta mucho... pierde el mando, se separa del barco al que tenía cariño... una desgracia. Justo en ese momento, así ocurrió, los hermanos recibieron dinero... una anciana murió o algo así. Una cantidad considerable. Entonces el joven George dice: Entre los dos tenemos suficiente para comprar el Sagamore... Pero necesitarás más dinero para tus negocios, exclama el capitán Harry... y el otro se ríe de él: Mis negocios van bien. Venga, puedo ganar un buen dinero en lo que tú tardas en

encenderte la pipa, amigo... Mundy y Rogers fueron comprensivos al respecto:
Claro, capitán. Y, si quiere, nosotros nos
ocuparemos de él en su lugar, como si aún
fuera nuestro...Vaya, con un acuerdo
como ese comprar ese barco era una
buena inversión. ¡Buena! Claro, en aquel
tiempo."

El ligero giro de su cabeza hacia mí
llegados a este punto era como una
muestra de una marcada sensibilidad en
cualquier otro hombre.

—Tenga en cuenta que todo esto
ocurrió mucho antes de que Cloete apa-

reciese —murmuró en señal de adver-
tencia.

—Sí. Lo tendré en cuenta —dije—.
Generalmente decimos: pasaron algunos
años. Es fácil.

Me observó durante un rato en
silencio con la mirada perdida, como
absorto pensando en los años en los que
se las había arreglado tan bien; eran sus
propios años también, los años anteriores
y los (no tantos) posteriores a la entrada
de Cloete en escena. Cuando habló de
nuevo, percibí su intención de indicarme,
en su estilo oscuro y gráfico, la influencia

en George Dunbar de su larga vinculación con la moral relajada de Cloete, su groseramente persuasivo don humorístico (un tipo divertido) y su carácter impulsivamente temerario. Deseaba ansiosamente que yo elaborara esta imagen, y le aseguré que estaba dentro de mis posibilidades. Deseaba, además, que comprendiera que el negocio de George tenía sus altibajos (mientras tanto el otro hermano navegaba plácidamente de un lugar a otro), que a veces atravesaba malas rachas, lo que le preocupaba mucho porque se había casado con una joven de gustos caros. En general, pasaba por un momento de apuros, y justo entonces Cloete tropezó en algún lugar de la ciudad con un hombre que estaba elaborando un linimento (el antiguo negocio del tipo) con gran éxito, pero que con capital, capital de alrededor de varios miles para invertir a manos llenas en publicidad, podría convertirse en algo grande... infinitamente más... rentable que una mina de oro. Cloete se emocionó con las posibilidades que ofrecía ese tipo de negocio, en el que era un experto. Comprendí que el socio de George ardía en deseos de aprovechar esta oportunidad única.

—De manera que todos los días sobre las once entra en la habitación de George, y sigue con la cantinela hasta que George hace rechinar sus dientes con ira. Cállate. ¿De qué sirve? No hay dinero. Apenas para seguir adelante, como para malgastar miles en publicidad. Nunca se atrevería a proponer a su hermano vender el barco. Ni siquiera podía pensar en ello. Le preocuparía muchísimo. Sería como el fin del mundo. ¡Y desde luego no por un negocio de ese tipo!... ¿Crees que sería una estafa?, pregunta Cloete, moviendo nerviosamente su boca... George admite: Sería un estúpido remilgado si creyera eso, después de todos estos años entre negocios.

"Cloete lo mira con dureza... Nunca pensé en vender el barco. No esperaba que a estas alturas el condenado vejestorio alcanzase la mitad del valor por el que está asegurado. Entonces George responde airado. ¿Qué significan entonces todas esas bromas ridículas sobre la propiedad del barco durante las últimas tres semanas? En cualquier caso, estoy harto.

"Estaba enfadado porque la boca se

le hacía agua, ¿comprende? Cloete no se pone nervioso... Tampoco soy un estúpido remilgado, dice muy despacio. Tu viejo Sagamore no quiere que lo vendan. La maldita cosa que quiere es ser desguazado a golpes de *tomahawk* (parece que el nombre Sagamore se refiere a un jefe indio o algo así. El mascarón de proa era un salvaje medio desnudo con una pluma en una oreja y un hacha en el cinturón). *Tomahawk*, dice.

"¿Qué quieres decir?, pregunta George... Un naufragio... se podría conseguir de forma perfectamente segura, continúa

Cloete... tu hermano podría poner después su parte del dinero del seguro. No hay necesidad de contarle exactamente para qué. Te considera el hombre de negocios más listo que haya existido jamás. También hará su fortuna... George en su ira agarra el escritorio con las dos manos... ¿Piensas que mi hermano es un hombre que hundiría su barco a propósito? Yo ni siquiera me atrevería a pensar en tal cosa estando en la misma habitación que él... el tipo más extraordinario que jamás existió... No hagas tanto ruido, te escucharán fuera, dice Cloete; y le dice que su hermano es un modelo de virtud, pero todo lo necesario es convencerle de quedarse en tierra para hacer un viaje... de vacaciones... tomar un descanso... ¿por qué no?... De hecho, tengo a alguien pensado para ese tipo de trabajo... susurra Cloete.

"George casi se atraganta... De manera que piensas que soy de esa clase... Me crees capaz... ¿Por quién me tomas?... Casi pierde la cabeza, mientras Cloete mantiene la calma, únicamente palidece su papada... Te tomo por un hombre que estará arruinado dentro de poco... Se

dirige a la puerta y envía a los ofici-

nistas... solo había dos... a que se tomen

su pausa para comer. Vuelve... ¿De qué te

indignas? ¿Te pido que robes a una viuda

o a un huérfano? ¡Venga, hombre! Lloyd

es una empresa, no tiene un cuerpo que se

muera de hambre. Quizá haya cuarenta

personas o más que suscribieron el seguro

de tu estúpido barco. Ni un solo ser hu-

mano pasaría hambre o frío por ello.

Consideran todos los riesgos. Todo, te lo

aseguro... Ese tipo de charla. ¡Hum! George está demasiado disgustado para hablar... solo gruñe y mueve los brazos; así de repente, ¿sabes? El otro, calentándose la espalda con el fuego, prosigue. El negocio de la pasta de madera está a punto de quebrar. El comercio de fruta en conserva está casi acabado... Estás asustado, dice; pero la ley solo asusta a los tontos... Y muestra lo seguro que sería deshacerse de ese barco. El seguro se ha pagado durante tantos, tantos años. No despertaría ni sombra de sospecha. Y, ¡qué narices!, un barco debe llegar a su fin algún día.

"No estoy asustado. Estoy indignado, dice George Dunbar.

"A Cloete le hierve la sangre. La oportunidad de una vida... ¡su oportunidad! Dice amablemente: Tu esposa se indignará mucho más cuando le digas que tenéis que dejar vuestra bonita casa y apilaros en dos habitaciones... quizá también con niños...

"George no tenía hijos. Casado hacía un par de años, esperaba con ansia la llegada de un niño o dos. Se siente más decaído que nunca. Habla acerca de un hombre honrado como padre, y demás.

Cloete sonríe abiertamente: Actúa rápido antes de que lleguen, y tendrán a un hombre rico por padre, nadie se enterará. Eso es lo bueno del asunto.

"George casi se echa a llorar. Creo que lo hizo alguna vez. Esto continuó durante semanas. No podía discutir con Cloete, no podía cancelar su deuda de unos cientos, y además estaba acostumbrado a tenerle alrededor. Tipo débil, George. Cloete también era generoso... No pienses en mi dinero, dice. Por supuesto estará perdido cuando tengamos que cerrar. Pero no me importa, dice... Y además estaba la nueva esposa de George. Cuando Cloete cena allí el tipo se pone un traje elegante, a la mujercita le gustaba eso... El señor Cloete, el socio de mi esposo, ¡un hombre tan listo, tan de mundo, tan divertido!... Cuando cena allí y están a solas: ¡Oh!, señor Cloete, ojalá George hiciera algo por aumentar nuestras perspectivas. Nuestra posición es realmente mediocre... Y Cloete sonríe, pero no se sorprende porque era él quien había metido esas ideas en su cabeza hueca... Lo que su marido necesita es negocio, un poco de audacia. Usted es la que más puede animarle, señora Dunbar... Ella era una tontita extravagante y estúpida. Había hecho que George cogiera una casa en Norwood. Vivían por encima de sus posibilidades. La vi una vez, llevaba un vestido de seda, bonitas botas, toda plumas y fragancia, rostro rosado. Parecía más el palacio de la Alhambra que una casa decente. Pero algunas mujeres en verdad atrapan a los hombres.

—Sí, algunas sí —asentí—. Incluso cuando el hombre es el marido.

—Mi mujer —se dirigió a mí de forma inesperada en un tono solemne, sorprendentemente hueco— podía manejarme a su antojo. No lo descubrí hasta que se fue. Sí. Pero era una mujer con sentido común, mientras que esa buena pieza debería haber estado haciendo la calle, y eso es todo lo que puedo decir... Usted debe hacerse su propia idea. Conocerá a alguna de esas.

—Me hago a la idea —dije.

—¡Hum! —gruñó con dudas, luego, volviendo a su tono desdeñoso—: Más o menos un mes después el Sagamore vuelve a casa. Al principio todo es alegría...

¡Hola, George, chico! ¡Hola, Harry, amigo!... Pero con el tiempo el capitán Harry
se da cuenta de que su brillante hermano
no tiene buen aspecto. Y George empeora.
No puede olvidarse de la idea de Cloete.
Se le ha metido en la cabeza... No hay
nada malo... está bastante bien... El capitán Harry está aún intranquilo. Los
negocios van bien, ¿verdad? Muy bien.
Mucho negocio. Buen negocio... Por
supuesto el capitán Harry se lo cree con
facilidad. Comienza a tomar el pelo a su
hermano a su manera jovial acerca de
ganar mucho dinero. A George se le pega

la camisa a la espalda por el sudor y se siente muy enfadado con el capitán... El tonto, dice para sí. ¡Dinero a raudales, realmente! Y de repente piensa: ¿Por qué no?... Pues la idea de Cloete se ha apoderado de su mente.

"Pero al día siguiente se viene abajo y le dice a Cloete... Quizá sería mejor vender. ¿No podrías hablar con mi hermano? Y Cloete le explica por enésima vez por qué vender no serviría de ningún modo. ¡No! El Sagamore debe recibir un golpe de *tomahawk*... como lo diría él, tal vez para no herir los sentimientos de

George. Pero cada vez que dice la palabra George se estremece... Tengo a mano un hombre adecuado para el trabajo que hará el encargo por quinientos, y encantado de hacerlo, dice Cloete... George cierra fuertemente los ojos al oírlo... pero a la vez piensa: ¡Tonterías! No puede existir tal hombre. Y en el caso de que existiera sería lo suficientemente seguro... quizá.

"Y Cloete siempre se divierte con ello. No podía hablar de nada sin que pareciera que había una broma genial por algún lado... Bueno, dice, sé que eres un ciudadano honrado, George. La moralidad es sobre todo miedo, y tú eres el hombre más miedoso con el que me he cruzado en mis viajes. Vaya, tienes miedo de hablar con tu hermano. Sientes temor de decirle nada cuando nos espera una gran fortuna... George se enciende ante esto: no, no tiene miedo, hablará, golpea en la mesa con el puño. Y Cloete le da palmaditas en la espalda... Nos haremos hombres ricos en breve, dice.

"Pero la primera vez que George intenta hablar con el capitán Harry se le cae el alma al suelo. El capitán Harry se ríe ante la idea de permanecer en tierra.

No quiere unas vacaciones, no. Pero Jane piensa quedarse en Inglaterra en este viaje. Dar una vuelta y ver a algunos de los suyos. Jane era la esposa del capitán, una mujer agradable de cara redonda. George lo deja en esa ocasión, pero Cloete no le permitirá descansar. Así que lo intenta otra vez, y el capitán frunce el ceño. Frunce el ceño porque está sorprendido. No puede entenderlo. No tiene idea de cómo vivir lejos de su Sagamore...

—¡Ah! —grité—. Ahora entiendo.

—No, no lo entiende —gruñó, fijando en mí de manera agobiante su oscura mirada desdeñosa.

—Le pido perdón —murmuré.

—¡Hum! Bien. El capitán Harry parece muy firme, y George se desmorona... Me ha descubierto, piensa... Por supuesto esto no era posible, pero George, en esa época, tenía miedo hasta de su propia sombra. También evita a Cloete. Hace entender a su socio que su hermano está planteándose quedarse en tierra, y demás. Cloete espera mordiéndose las uñas, ansioso. Cloete realmente había encontrado un hombre para el trabajo. Lo crea o no, le había encontrado en la misma pensión en la que él se alojaba... en algún lugar cerca de Tottenham Court Road. Se había fijado en el piso de abajo en un tipo... huésped y no huésped... que permanecía en la sombra... parte del decorado la mayoría de las veces; una especie de "hombre de la casa", un tipo furtivo. De ojos negros. Rostro blanco. La dueña de la casa... se autodenominaba viuda... muy orgullosa del señor Stafford; el señor Stafford esto, el señor Stafford aquello... En cualquier caso, una tarde Cloete se lo lleva a tomar algo. Cloete pasaba la mayor parte del tiempo en pubs.

Aunque Cloete no era un borracho, lo hacía por socializarse, ahí le gustaba hablar con todo tipo de gente, mera costumbre, el estilo americano.

"Así que Cloete invita a ese tipo a salir más de una vez. Sin embargo, no es buena compañía. Tiene poca conversación. Se sienta en silencio y bebe lo que le dan, ojos siempre entornados, habla con timidez... He tenido mala suerte, dice. La verdad es que le echaron de una gran empresa de barcos de vapor por conducta inmoral, nada que afecte a sus credenciales, ya entiende, y se había librado fácilmente. Le gustaba, supongo. Cualquier cosa mejor que trabajar. Vivía de la viuda que regentaba esa pensión.

—Es casi increíble —me atreví a interrumpir—. ¿Quiere decir un hombre con un título de patrón?

—Sí, yo los llamo "canallas tartaneros" —gruñó desdeñosamente—. Sí. Se cuelgan de una correa de la parte trasera y gritan: "dos peniques el recorrido". Van bebidos. Pero este Stafford era de otra clase. El infierno está lleno de esos Staffords; Cloete se reía de él y entonces surgía un destello desagradable en el ojo medio cerrado del tipo. Pero Cloete era por lo general amable con él. Cloete era un tipo amable hasta con un perro sarnoso. En cualquier caso, solía pagar bebidas con ese propósito, y de vez en cuando le daba media corona... porque la viuda le daba poca calderilla al señor Stafford. Discutían en el sótano casi todos los días...

"El hecho de que el tipo fuera marinero era lo que había metido en la cabeza de Cloete la idea de desprenderse del Sagamore. Le observa un poco, cree que aún hay suficiente crueldad en él para tentarle, y una tarde le dice... ¿Supongo que no te importaría hacerte a la mar de nuevo durante un tiempo?... El otro en ningún momento levanta la mirada, no merece la pena por el miserable sueldo que se obtiene... Bien, pero qué dirías al sueldo de un capitán durante un tiempo, y de un par de cientos adicionales si te comprometes a regresar sin el barco. Los accidentes ocurren, dice Cloete... ¡Oh! Claro, dice ese Stafford, y continúa dando sorbos a la bebida como si el asunto no le interesase.

"Cloete le presiona un poco, pero el otro comenta de forma insolente y lánguida: Verá, no hay futuro en algo así... ¿verdad?... ¡Oh!, no, dice Cloete, claro que no. No quiero decir que esto tenga ningún futuro... en lo que a usted respecta. Es un negocio "de una sola vez". Bien, ¿cuánto cree que vale su futuro? Pregunta... El tipo más apático que nunca... casi dormido... Creo que el canalla era demasiado vago para que le importase. Hacer pequeñas trampas con las cartas, ganarse la vida engañando o intimidando a alguna que otra mujer era más su estilo. Cloete le dice en susurros algo horrible. Todo esto ocurre en el pub Horse Shoe, en Tottenham Court Road. Al final llegan al acuerdo, al segundo whisky de seis peniques, de quinientas libras el precio del *tomahawk* al Sagamore. Y Cloete espera a ver lo que George puede hacer.

"Pasan una o dos semanas. El otro tipo vaguea por la casa como si nada, y Cloete empieza a dudar de si realmente pretende realizar ese trabajo. Pero un día para a Cloete en la puerta, con la mirada baja: ¿Qué hay de ese empleo que quería darme?, pregunta... Verá, le había jugado una mala pasada peor de lo habitual a la mujer y esperaba en breve una discusión horrible, y que le echara, claro. Cloete estaba encantado. George le había engañado tanto que realmente pensaba que la cosa estaba resuelta. Y dice: Sí. Es hora de que le presente a mi amigo. Coja su sombrero e iremos ahora...

"Los dos entran en la oficina, y George sentado en su escritorio se levanta con un ataque de pánico... mirando fijamente. Ve un tipo más bien alto, un rostro entre atractivo y desagradable, ojos duros, medio cerrados; abrigo corto ramplón, sombrero hongo raído, muy cuidadoso... como en sus movimientos. Y piensa para sí: ¡Así es la apariencia de ese tipo de hombre! No, la cosa es imposible... Cloete hace las presentaciones, y el tipo se vuelve para mirar la silla antes de sentarse... Un hombre extremadamente competente, Cloete continúa... El hombre no dice nada, se sienta absolutamente tranquilo. Y George no puede hablar, tiene la garganta demasiado seca. Entonces hace un esfuerzo: ¡Hum!

¡Hum! Oh sí... desgraciadamente... lamento decepcionarle... mi hermano... hizo otros planes... va él mismo.

"El tipo se levanta, sin levantar los ojos del suelo ni una sola vez, como una chica recatada, y sale silenciosamente de la oficina sin hacer un ruido. Cloete apoya el mentón sobre su mano y se muerde todos los dedos a la vez. El corazón de George se tranquiliza y habla a Cloete... Esto no se puede hacer. ¿Cómo se podría? En el momento en que se perdiera el barco Harry lo sabría. Sabes que es del tipo de hombre que iría a los aseguradores con sus sospechas. Y se desilusionaría conmigo. ¿Cómo le puedo hacer esa jugada? Solo nos tenemos el uno al otro en el mundo...

"Cloete deja escapar una horrible blasfemia, salta de su asiento, se encierra en su habitación y George le oye lanzar cosas. Después de un rato se dirige a la puerta y dice con voz temblorosa: Me pides un imposible... Dentro, Cloete está preparado para lanzarse como un tigre y desgarrarle, pero abre la puerta un poco y dice suavemente: Hablando de corazones, el tuyo no es mayor que el de un ratón, permite que te diga... Pero a George no le importa... se ha quitado un peso de encima de todas formas. Y justo entonces el capitán Harry entra... Hola, George, muchacho. Llego un poco tarde. ¿Qué tal una chuleta en el Cheshire ahora?... Buena idea, hombre... Y van a comer juntos. Cloete no come nada ese día.

"Durante un tiempo George se siente un hombre nuevo, pero repentinamente ese Stafford empieza a merodear por la calle delante de la puerta de su casa. La primera vez que George le ve piensa que se ha equivocado. Pero no, la siguiente vez que ha de salir ahí está el tipo acechando al otro lado de la calle. Esto pone a George nervioso pero tiene que salir por negocios, y cuando el tipo cruza la calzada le esquiva. Le esquiva una, dos, tres veces, pero finalmente le pilla en su mismísima puerta de entrada... ¿Qué quiere?, pregunta tratando de parecer amenazante.

"Parece que las discusiones habían comenzado en el sótano de la pensión y la viuda la había tomado con él (loca de celos), hasta el punto de mencionar a la policía. Eso el señor Stafford no lo podía soportar, así que salió despavorido como un ciervo asustado, y allí estaba, tirado en las calles por así decirlo. Cloete tenía un aspecto tan feroz mientras iba y venía que no tenía el valor de abordarle, sin embargo George parecía a sus ojos un tipo más accesible. Habría estado contento con media libra, cualquier cosa... He sufrido desgracias, dijo suavemente a su manera comedida, que asustaba a George más de lo que lo habría hecho una discusión... Considere la gravedad de mi decepción, dice...

"George, en lugar de mandarle al

diablo, pierde la cabeza... No le conozco, ¿qué quiere? Grita y escapa escaleras arriba en busca de Cloete... Mira lo que ha resultado, jadea, ahora estamos a merced de ese horrible tipo... Cloete trata de explicarle que el tipo no puede hacer nada, pero George piensa que de algún modo podría surgir el escándalo. Dice que no puede vivir con ese temor persiguiéndolo. Cloete se reiría si no estuviera tan harto de todo. Entonces le sobreviene una idea y cambia el tono... ¡Bueno, quizá! Para empezar bajaré y le echaré... Vuelve... Se ha marchado. Pero tal vez tengas razón. El tipo está sin blanca y eso es lo que hace que la gente esté desesperada. Lo mejor sería sacarle del país durante un tiempo. Escúchame bien, el pobre diablo necesita realmente un empleo. No te pediré mucho esta vez: solo que cierres la boca, y yo intentaré que tu hermano le lleve como primer oficial. Ante esto George apoya los brazos y la cabeza sobre el escritorio para que Cloete sienta pena por él. Pero sin embargo Cloete se siente más animado porque ha metido un poco el temor en el cuerpo de ese Stafford. Esa misma tarde le compra un traje azul y le dice que a partir de ahora tendrá que cambiar y trabajar para ganarse la vida. Echarse a la mar como oficial del Sagamore. El canalla no tenía muchas ganas, pero no teniendo qué comer ni lugar donde dormir, y habiéndole asustado la mujer con sus palabras sobre juicios o cosas así en realidad no tenía opción. Cloete se ocupa de él durante un par de días... Nuestro acuerdo aún está en pie, dice. Tenemos el barco con destino a Port Elizabeth, que no es un fondeadero seguro en absoluto. Si por casualidad leva anclas durante un vendaval del noreste y se pierde en la playa, como les sucede a muchos, en fin, tendrá quinientos en su bolsillo... y un rápido regreso a casa. Está dispuesto a hacerlo, ¿verdad?

"Nuestro señor Stafford lo acepta todo con la mirada baja... Soy un marinero competente, dice, con su aire modesto y astuto. Sin duda un primer oficial tiene muchas oportunidades de manipular las cadenas y anclas para algo... Ante esto Cloete le palmea la espalda: Lo hará, mi noble marinero. Vaya y gane...

"La siguiente noticia que tiene George es que su hermano le cuenta que ha tenido ocasión de hacerle un favor a su socio. Y está muy contento, además. Le gusta mucho su socio. Contrató a un amigo suyo como oficial. El hombre tiene sus problemas, parece que ha pasado un año en tierra cuidando de su mujer moribunda. Una mala racha... George argumenta con insistencia que no sabe nada de la persona. Le ha visto una vez. Nada interesante... Pero el capitán Harry dice a su manera cordial: Es así, pero hay que darle al pobre diablo una oportunidad...

"De manera que el señor Stafford se une a la tripulación en el puerto. Y parece que consiguió manipular uno de los cables... teniendo en mente Port Elizabeth. Los aparejadores tenían todo el cable en cubierta para limpiar los armarios. El nuevo oficial los observa cuando bajan a tierra... hora de la cena... y manda al vigilante salir del barco para que le traiga una botella de cerveza. Entonces se pone a trabajar limando el tope delantero del perno del grillete de cuarenta y cinco brazas, le da un golpe o dos con un martillo para que se afloje, y por supuesto ese cable ya no era seguro. Los aparejadores

vuelven... ya sabe cómo son los aparejadores: les da igual todo. La cadena se
almacena en el armario sin que el capataz
compruebe en absoluto los pernos. ¿A él
qué le importa? Él no va a ir en el barco.
Y dos días después el barco zarpa..."

Llegados a este punto fui suficientemente incauto para soltar otro "Ya veo"
que le ofendió de nuevo, y me devolvió
un grosero "No, usted no lo ve", como el
de antes. Pero en la pausa se acordó del
vaso de cerveza que tenía junto a su codo.
Bebió la mitad, se limpió el bigote, y

comentó con determinación:

—No crea que hay algo de vida marina en esto, porque no la hay. Si va a añadir usted algo de su propia cosecha, ahora es su oportunidad. Supongo que sabrá cómo son diez días enteros de mal tiempo en el Canal, yo no. De todos modos, transcurren diez días enteros. Un lunes Cloete llega a la oficina un poco tarde... oye una voz de mujer en el despacho de George y mira adentro. Hay periódicos en el escritorio, en el suelo; la esposa del capitán Harry está sentada con los ojos rojos y un bolso en una silla a su lado... Mira esto, dice George con gran nerviosismo mostrándole un periódico. El corazón de Cloete da un vuelco. ¡Ajá! Naufragio en la bahía de Westport. El Sagamore encallado en las primeras horas del domingo, por tanto los periodistas tuvieron tiempo de entregar parte de su trabajo. Varias columnas. El bote salva-vidas sale dos veces. El capitán y la tri-pulación permanecen junto al barco. Se avisa a los remolcadores para que ayuden. Si el tiempo mejora, este magnífico y conocido barco puede ser salvado... Ya sabe cómo lo ponen estos tipos... La señora de Harry va de camino para coger un tren en la calle Cannon. Tiene una hora de espera.

"Cloete lleva a George aparte y susurra: ¡El barco todavía puede salvarse! ¡Oh, maldita sea! Eso nunca debe ocurrir, ¿me oyes? Pero George lo mira aturdido, y la señora Harry continúa llorando en silencio: ... Debería haber estado con él. Pero voy a ir con él... Vamos a ir todos juntos, grita Cloete de repente. Sale corriendo, envía a la mujer una taza de *bovril*[1]

caliente de la tienda al otro lado de la

calle, le compra una manta de viaje,

piensa en todo; ya en el tren la arropa y

conversa todo el camino, sin parar, para

mantenerla animada por así decirlo, pero

en realidad porque él tampoco está muy

tranquilo. La cosa ya está hecha, y sin

problemas. Hecho. Realmente hecho. Su

cabeza da vueltas cada vez que piensa en

ello. ¡Qué gran suerte! Casi le asusta. Le

gustaría gritar y cantar. Mientras tanto

---

[1] *Bovril* es una marca registrada que da nombre a un extracto salado de carne de vaca.

George Dunbar está sentado en su rincón, tiene un aspecto tan terriblemente desolado que al final la pobre señora de Harry intenta darle ánimos, y de paso animarse ella misma contándole que su Harry es un hombre prudente, incapaz de arriesgar la vida de su tripulación o la suya propia innecesariamente... y todo eso.

"Lo primero que oyen en la estación de Westport es que el bote salvavidas ha salido hacia el barco de nuevo y ha traído al segundo oficial, que estaba herido, y a unos pocos marineros. El capitán y el resto de la tripulación, unos quince en total, están todavía a bordo. Se espera que los remolcadores lleguen en cualquier momento.

"Llevan a la señora de Harry a la posada, casi frente a las rocas; se precipita escaleras arriba para mirar por la ventana y deja escapar un gran grito cuando ve el naufragio. No descansará hasta estar a bordo con su Harry. Cloete la tranquiliza todo lo que puede... De acuerdo, trate de comer un bocado y nosotros iremos a hacer averiguaciones.

"Saca a George de la habitación: Mira, ella no puede ir a bordo pero yo sí. Me ocuparé de que él no se quede en el barco demasiado tiempo. Vamos a buscar al timonel del bote salvavidas... George le sigue, estremeciéndose de vez en cuando. Las olas bañan el viejo embarcadero, no hace mucho viento, hay un cielo salvaje, oscuro, sobre la bahía. En el horizonte solo se ve salir un remolcador dirigiéndose hacia el mar, aparece y desaparece de la vista cada minuto tan regular como el mecanismo de un reloj.

"Encuentran al timonel y les dice:

¡Sí! Va a salir de nuevo. No, no hay peligro a bordo... de momento. Pero las posibilidades del barco son escasas. Si el viento no sopla otra vez y el mar se calma, todavía se puede intentar algo. Después de hablar un rato accede a llevar a Cloete a bordo, se supone que tiene un mensaje urgente de los dueños para el capitán.

"Cada vez que Cloete mira el cielo se siente reconfortado, parece tan amenazador. George Dunbar le sigue con el rostro pálido y sin decir nada. Cloete lo lleva a tomar una copa o dos, y poco a poco se empieza a recuperar... Eso está mejor, dice Cloete, que me aspen si no era como andar con un muerto delante. Deberías estar loco de contento, hombre. Siento ganas de pararme en la calle y gritar. Tu hermano está a salvo, el barco está perdido, y nosotros somos hombres ricos.

"¿Estás seguro de que está perdido?, pregunta George. Sería un golpe espantoso después de todas las preocupaciones que han pasado por mi mente desde la primera vez que me hablaste, si fuera a salvarse... y... y... toda esa tentación comenzara de nuevo... Porque no hemos tenido nada que ver con esto, ¿verdad?

"Por supuesto que no, dice Cloete. ¿No estaba a cargo tu propio hermano? Es providencial... ¡Oh! Grita George sorprendido... Bueno, aunque fuera el diablo, dice Cloete encantado. ¡No me importa! No tuviste más que ver con ello que un bebé que no ha nacido, tú, gran blandengue, tú... Cloete había llegado a un punto en el que casi quería a George Dunbar. Bueno. Sí. Fue así. No quiero decir que lo respetase. Solo tenía cariño a su socio.

"Regresan al hotel, podrías decir que

dando saltos de alegría, y encuentran a la esposa del capitán en la ventana abierta, con sus ojos puestos en el barco como si quisiera cruzar la bahía volando... Vamos a ver, señora Dunbar, grita Cloete, usted no puede ir pero yo iré. ¿Algún mensaje? No sea tímida. Llevaré cada palabra fielmente. Y si quisiera darme un beso para él también se lo llevaré, que me aspen si no lo hago.

"Hace reír a la señora de Harry con su cháchara... Oh, querido señor Cloete, usted es un hombre tranquilo y razonable. Hágale comportarse con sensatez. Es un poco obstinado, ¿sabe?, y además está tan encariñado con su barco. Dígale que estoy aquí... mirando... Confíe en mí, señora Dunbar. Cierre esa ventana, sea buena chica. Cogerá frío si no lo hace, y el capitán no estará contento cuando salga de ese naufragio y la encuentre tosiendo y estornudando de forma que no pueda decirle lo feliz que es usted. Y ahora, si puede conseguirme un poco de cinta para ajustarme bien las gafas a las orejas, me marcharé...

"Cómo consigue llegar a bordo no lo

sé. Sube a bordo todo mojado, tembloroso, nervioso y sin aliento, consigue subir a bordo. El barco escorado, cubierto de espuma, pero no se mueve mucho, lo justo para ponerle a uno un poco nervioso. Los encuentra a todos apiñados en la camareta de proa, con sus brillantes impermeables, con cara de enfermos. El capitán Harry no puede creer lo que ve. ¡Qué! ¡Señor Cloete! ¿Qué está haciendo aquí, por el amor de dios?... Su esposa está allí en tierra, observando, dice Cloete entrecortadamente; y después de hablar un poco el capitán Harry piensa que es extraordinariamente valiente y amable por parte del socio de su hermano llegar hasta él de esa forma. El hombre está contento de tener a alguien con quien hablar... Es un mal asunto, señor Cloete, dice. Y Cloete se alegra de escuchar eso. El capitán Harry piensa que ha hecho lo que ha podido, pero el cable se partió cuando trataba de anclarlo. Era una gran pena perder el barco. Bueno, tendría que enfrentarse a ello. Da un profundo suspiro de vez en cuando. Cloete casi lamenta haber subido a bordo, porque permanecer en ese naufragio le oprime el pecho todo el tiempo. Se agachan protegiéndose del viento bajo el bote de babor, un poco apartados de los hombres. El bote salvavidas se había alejado tras dejar a Cloete a bordo, pero iba a volver en la siguiente marea alta para sacar a la tripulación si no se podía intentar poner el barco a flote. Anochecía, un día de invierno, cielo negro, el viento arrecia. El capitán Harry se sentía melancólico. Dios dispondrá. Si hay que abandonarlo en las rocas... en fin, se hará. Un hombre debería aceptar lo que Dios le envía manteniéndose firme... De repente su voz se quiebra y aprieta el brazo de Cloete: Es como si no pudiera abandonarlo, susurra. Cloete mira a su alrededor a los hombres apretujados como un rebaño de ovejas y piensa para sí mismo: No se quedarán... De repente el barco se levanta un poco y cae con un ruido sordo. La marea sube. Todo el mundo empieza a avistar el bote salvavidas. Algunos hombres lo distinguen a lo lejos y también dos remolcadores. Pero la tormenta ha comenzado de nuevo, y todo el mundo sabe que ningún rémolcador se atreverá a acercarse al barco.

"Es el fin, dice el capitán Harry muy

bajo... Cloete piensa que nunca había sentido tanto frío en toda su vida... Y siento como si no me importara seguir viviendo, murmura el capitán Harry... Su esposa está en tierra, observando, dice Cloete... Sí. Sí. Debe de ser horrible para ella ver el pobre viejo barco aquí tirado y acabado. Vaya, es nuestro hogar.

"Cloete piensa que mientras el Sagamore esté acabado no le importa, y únicamente desearía estar en otra parte. El más ligero movimiento del barco le corta la respiración como un golpe. Y se siente también excitado por el peligro. El capitán lo lleva aparte... El bote salvavidas no puede acercarse a nosotros durante más de una hora. Mire, Cloete, ya que está aquí, y es tan valiente... haga algo por mí... Le cuenta entonces que abajo en su camarote de popa en un cajón determinado hay un montón de papeles importantes y sesenta soberanos en una pequeña bolsa de lona. Le pide a Cloete que vaya y saque estas cosas. No ha bajado desde que el barco se golpeó, y le parece que si deja de mirarlo se romperá en pedazos. Y además los hombres... muchos asustados en este momento... si les deja solos intentarían, movidos por el pánico, lanzar uno de los botes del barco en alguna sacudida más fuerte... y entonces algunos de ellos se ahogarían... Hay dos o tres cajas de cerillas por las estanterías de mi camarote si quiere luz, dice el capitán Harry. Únicamente séquese las manos mojadas antes de empezar a buscarlas...

"A Cloete no le gusta la tarea, pero tampoco quiere parecer miedoso... así que va. Hay agua a raudales en la cubierta principal, chapotea en ella; además está oscureciendo. De repente, junto al mástil mayor, alguien le agarra del brazo. Sta-

fford. No pensaba en absoluto en Stafford. El capitán Harry había dicho algo
sobre que el oficial no era muy capaz,
pero no mucho. Al principio Cloete no lo
reconoce con su impermeable. Ve una
cara blanca con grandes ojos que lo miran
fijamente... ¿Está satisfecho, señor Cloete?...

"A Cloete el gemido le hace reír y se
lo quita de encima. Pero el tipo se abre
paso tras él en la popa y le sigue abajo, al
camarote del barco hundido. Y ahí están,
los dos; apenas pueden verse el uno al
otro... ¿No pretenderá hacerme creer que

ha tenido algo que ver con esto?, dice Cloete...

"Ambos se estremecen, casi locos por los nervios de estar a bordo de ese barco. Se golpea y da sacudidas, y ellos se tambalean juntos, sintiéndose enfermos. Cloete de nuevo estalla en carcajadas ante esa criatura deplorable que finge tener algo que ver con tal locura... ¿Es así como cree que puede tratarme ahora? Grita el otro hombre de repente...

"Una ola golpea la popa, el barco tiembla y gime todo a su alrededor, el ruido del mar alrededor y por encima de sus cabezas, aturdiendo a Cloete, y oye al otro gritando como un loco... ¡Ah, no me cree! Vaya y mire la cadena de babor. ¿Rota? ¿Eh? Vaya y vea si está rota. Vaya y encuentre el eslabón roto. No puede. No hay eslabón roto. Eso quiere decir mil libras para mí. No menos. Mil el día después de que alcancemos tierra... puntual. No esperaré hasta que se haga pedazos del todo, señor Cloete. Voy a los aseguradores aunque tenga que ir andando descalzo a Londres. ¡El cable de babor! Miren su cable de babor, les diré. Yo lo manipulé... para los dueños... incitado por un bribón llamado Cloete.

"Cloete no entiende exactamente qué quiere decir. Todo lo que sabe es que el tipo pretende hacer daño. Ve problemas a la vista... ¿Cree que puede asustarme?, pregunta..., usted, pobre y miserable canalla... Y Stafford se le encara... los dos agarrados a la mesa del camarote: No, maldita sea, usted es solo un sucio vagabundo, pero puedo asustar al otro, al tipo del abrigo negro...

"Refiriéndose a George Dunbar. Al pensarlo la cabeza le da vueltas a Cloete. No imagina que el tipo pueda causar ningún daño real, pero sabe cómo es George; descubrirlo todo, estropear todo el negocio en el que él tenía puestas sus esperanzas. No dice nada, oye al otro, que con el miedo, la tensión, la excitación jadea como un perro... y luego un ladrido... Mil en mano, veinticuatro horas después de llegar a tierra, pasado mañana. esa es mi última palabra, señor Cloete... Mil libras pasado mañana, dice Cloete. Oh, sí. Y hoy toma esto, tú, sucio canalla... Le lanza un directo con ira ciega, solo eso. Stafford se aleja girando por el mamparo. Viendo esto Cloete avanza y le asesta otro en algún lado cerca de la mandíbula. El tipo se tambalea hacia atrás justo dentro del camarote del capitán, a través de la puerta abierta. Cloete, siguiéndole, le oye caer pesadamente y rodar a sotavento, entonces cierra de un golpe la puerta y echa la llave... ¡Ya está!, dice para sí mismo, eso evitará que causes problemas.

—¡Por Júpiter! —murmuré.

El viejo salió de su impresionante inmovilidad para volver la cabeza elegantemente cubierta y mirarme con sus ojos viejos, negros, sin brillo.

—Lo abandonó allí —afirmó seriamente volviendo a la contemplación del muro—. Cloete no iba a permitir que nadie, y menos un sujeto como Stafford, se interpusiera en su gran propósito de convertir a George y a él mimo, y al capitán Harry de paso también, en hombres ricos. Y no pensaba mucho en las consecuencias. A estos tipos de los linimentos no les importa lo que dicen o hacen. Piensan que el mundo se va a tragar cualquier historia que cuenten... Permanece un momento escuchando. Y se sobresalta bastante al oír un golpe en la puerta y una especie de grito delirante amortiguado desde el camarote del capitán. Cree oír también su propio nombre a través del horrible estrépito, cuando el viejo Sagamore sube y baja con el oleaje. Ese ruido y ese horrible estrépito le hacen salir del camarote. Recupera la calma en la popa. Pero su ánimo decae un poco ante la salvaje oscuridad de la noche. Hay posibilidades de que él mismo se ahogue en poco tiempo. Pone la cabeza debajo de la escalera. A través del viento y el oleaje puede escuchar el ruido del golpear de Stafford contra la puerta y sus maldiciones. Escucha y dice para sí: No. No puedo confiar en él ahora...

"Cuando regresa al castillo de cubierta le dice al capitán Harry, que le pregunta si consiguió las cosas, que lo siente mucho. Algo le pasaba a la puerta. No podía abrirla. Y a decir verdad, explica, no quería detenerme más en ese camarote. Allí hay ruidos como si el barco se fuera a romper en pedazos... El capitán Harry piensa: Son nervios, no le pasa nada a la puerta. Pero dice: Gracias... no importa, no importa... Todos los brazos están pendientes ahora del bote salvavidas. Todo el mundo más bien pensando en sí mismo. Cloete se pregunta, ¿lo echarán de menos? Pero la verdad es que el señor Stafford se había mostrado tan pobre en alta mar que desde que el barco encalló nadie volvió a prestarle ninguna atención. A nadie le importaba lo que hacía o dónde estaba. Oscuro como la boca del lobo... no hay recuento de personas. Se ve la luz del remolcador arrastrando el bote salvavidas rumbo al barco, y el capitán Harry pregunta: ¿Estamos todos ahí?... Alguien contesta: Todos aquí, señor... Entonces preparados para abandonar el barco, dice el capitán Harry, y dos de vosotros ayudad al caballero a bajar primero... Sí, sí, señor... Cloete se sintió movido a pedir al capitán Harry que le permitiera quedarse el último, pero el bote salvavidas lanza un rezón por delante del aparejo delantero, dos tipos le sujetan, ven la oportunidad, y le dejan caer dentro, a salvo.

"Está casi exhausto, no está acostumbrado a ese tipo de cosas, ¿entiende? Se sienta en las tablas de popa con los ojos cerrados. No quiere mirar el mar agitado a su alrededor. Los hombres caen al bote uno tras otro. Entonces oye la voz del capitán Harry gritando contra el viento al timonel que espere un momento, y algo más que no puede entender, y al timonel respondiendo a gritos: No tarde mucho, señor... ¿Qué pasa?, pregunta Cloete sintiéndose desmayar... Algo sobre los documentos del barco, dice el timonel muy nervioso. Como comprenderá no era el momento de quedarse esperando junto al barco. Alejan el bote un poco y esperan. El agua salta por encima a capas. A Cloete casi le abandonan los sentidos. No piensa en nada. Está totalmente paralizado, hasta que hay un grito: ¡Aquí está!... Ven una figura en el aparejo delantero esperando... sueltan la cuerda del rezón y lo meten en el bote con bastante facilidad. Hay un pequeño grito... todo se entremezcla con el ruido del mar. Cloete se imagina la voz de Stafford hablando sin parar muy cerca de su oído. El viento se calma, y la voz de Stafford parece estar hablando muy rápido al timo- nel; le dice que por supuesto estuvo cerca de su capitán, estuvo todo el tiempo cerca de él, hasta que el viejo en el último momento dijo que tenía que ir a popa y coger los documentos del barco, insistía en ir él mismo, le dijo a Stafford que subiera al bote salvavidas... Había querido esperar a su capitán, solo que llegó esta calma del mar y pensó en aprovechar su oportunidad de inmediato.

"Cloete abre los ojos. Sí. Ahí está Stafford sentado cerca de él en el atestado bote salvavidas. El timonel se inclina sobre Cloete y grita: ¿Ha escuchado lo que el oficial ha dicho, señor?... Siente el rostro como si estuviera lleno de yeso, labios y todo. Sí, lo escuché, se fuerza a contestar. El timonel aguarda un momento, entonces dice: No me gusta... Y se vuelve hacia el oficial, diciéndole que era una lástima que no hubiese intentado correr por cubierta y meter prisa al capitán cuando llegó la calma. Stafford responde enseguida que pensó en eso, solo que había tenido miedo de perderlo en cubierta con la oscuridad. Porque, dice él, el capitán podría haber regresado inmediatamente, pensando que yo ya estaba en el bote salvavidas, y ustedes se habrían marchado quizá, dejándome abandonado... Es cierto, dice el timonel. Pasa un minuto más o menos. Esto no marcha bien, murmura el timonel. De pronto Stafford habla con una especie de voz hueca: Estaba a su lado cuando le dijo al señor Cloete aquí presente que no sabía si tendría el valor de abandonar su viejo barco, ¿no es cierto?... Y Cloete siente que le agarran el brazo discretamente en la oscuridad... ¿No es cierto? Estábamos juntos justo antes de que usted abandonara el barco, ¿señor Cloete?...

"Justo entonces el timonel grita: Voy a bordo a ver... Cloete desprende su brazo: Voy con usted...

"Cuando llegan a bordo, el timonel le

dice a Cloete que vaya a popa por un lado del barco, que él iría por el otro de tal forma que no perdieran al capitán... Y palpe con sus manos también, dice, podría haberse caído y yacer inconsciente en algún lugar de cubierta... Cuando finalmente Cloete llega a la escalera del camarote en popa el timonel ya está allí, asomándose y oliendo. Noto olor a humo ahí abajo, dice. Y grita: ¿Está usted ahí, señor?... No tiene sentido gritar, dice Cloete, sintiendo que el corazón se le hiela como si fuera... Se dirigen abajo. Oscuro como la boca del lobo, la inclinación es tan acusada que el timonel, abriéndose paso a tientas en la habitación del capitán, resbala y rueda hacia abajo. Cloete le oye gritar como si se hubiera herido, y pregunta qué ocurre. Y el timonel responde quedamente que ha caído sobre el capitán que yace ahí inconsciente. Cloete sin pronunciar palabra empieza a buscar a tientas por todas las estanterías una caja de cerillas, la encuentra y enciende una. Ve al timonel con su chaleco salvavidas arrodillado sobre el capitán Harry... Sangre, dice el timonel, mirando hacia arriba, y la cerilla se apaga...

"Espere un poco, dice Cloete, haré velas de papel... Había notado lomos de libros en las estanterías. De manera que se pone a encender una vela de papel con otra mientras el timonel da la vuelta al pobre capitán Harry. Muerto, dice. Un tiro en el corazón. Aquí está el revólver... Se lo entrega a Cloete, que lo mira antes de metérselo en el bolsillo, y ve una placa en la culata donde pone H. Dunbar... Suyo, murmura... ¿El revólver de quién esperaba encontrar?, espeta el timonel. Y mire, se quitó el largo impermeable en el camarote antes de entrar. ¿Pero qué es este montón de papel quemado? ¿Para qué querría quemar los documentos del barco?

"Cloete lo ve todo, los pequeños cajones abiertos, y le pide al timonel que mire bien en su interior... No hay nada, dice el hombre. Limpios. Parece haber sacado todo lo que pudo agarrar y lo prendió fuego. Loco...eso es lo que pasó... se volvió loco. Y ahora está muerto. Se lo tendrá que comunicar a su esposa...

"Siento como si me estuviera volviendo loco yo mismo, dice Cloete de repente, y el timonel le ruega por amor de dios que se controle, y le saca a rastras del camarote. Tuvieron que abandonar el cuerpo, y aun así llegaron justo a tiempo antes de que un furioso vendaval comenzase. Cloete es arrastrado al bote salvavidas y el timonel rueda adentro. Soltad el rezón, grita, el capitán se ha pegado un tiro.

"Cloete parecía un muerto... no le importaba nada. Permitió que Stafford le pellizcara el brazo dos veces sin hacer un gesto. Casi todo Westport estaba en el viejo embarcadero para ver a los hombres salir del bote salvavidas, y al principio hubo una especie de alboroto confuso y alegre cuando se aproximó, pero después de que el timonel gritara algo las voces se apagaron y todo el mundo está muy callado. Tan pronto como Cloete pone pie en algo firme vuelve a su ser. El timonel le estrecha la mano: Pobre mujer, pobre mujer, prefiero que sea usted el que tenga ese cometido que yo...

"¿Dónde está el oficial?, pregunta Cloete. Él es el último hombre que habló con el capitán... Alguien se marcha corriendo... estaban llevando a la tripulación a Misión Hall, donde un fuego y camas estaban preparados para ellos...

alguien corrió por el embarcadero y alcanzó a Stafford... ¡Oiga! El representante del dueño lo busca... Cloete se coge del brazo del tipo y se aleja con él hacia la izquierda, donde está el puerto pesquero... Supongo que no le he malinterpretado. Desea que yo cuide de usted un poco, dice. El otro permanece a su lado sin fuerza, pero suelta una risita desagradable: Debería, murmura; pero recuerde, sin trucos, sin trucos, señor Cloete, ahora estamos en tierra.

"Hay una comisaría de policía a

cincuenta yardas de aquí, dice Cloete. Se vuelve hacia una pequeña posada, empujando a Stafford a lo largo del pasillo. El propietario sale del mostrador... este es el primer oficial del barco embarrancado, explica Cloete, me gustaría que cuidara de él un poco esta noche... ¿Qué le pasa? Pregunta el hombre. Stafford está apoyado contra la pared del pasillo con un aspecto horrible. Y Cloete dice no es nada... está afectado, por supuesto... Yo correré con los gastos, soy el representante del propietario. Volveré en una o dos horas a verlo.

"Y Cloete regresa al hotel. Las noticias ya habían llegado hasta allí, y lo primero que ve es a George fuera de la puerta tan blanco como una sábana esperándolo. Cloete simplemente le hace un gesto con la cabeza y entran. La señora Harry está de pie en lo alto de la escalera, y cuando ve que suben ellos dos solos se echa las manos sobre la cabeza y entra corriendo en su habitación. Nadie se había atrevido a contárselo, pero no ver a su marido fue suficiente. Cloete oye un alarido horrible... Ve con ella, le dice a George.

"Mientras permanece solo en el reservado Cloete bebe un vaso de brandy y piensa en todo el asunto. Luego entra George... La propietaria está con ella, dice. Y empieza a caminar de un lado a otro de la habitación, gesticulando con los brazos y hablando de forma inconexa, la cara con la expresión más dura que Cloete le ha visto jamás... Lo que debe ser, debe ser. Muerto... único hermano. En fin, muerto... se acabaron sus problemas. Pero nosotros estamos vivos, le dice a Cloete, y supongo, dice, clavándole una mirada ardiente y seca, que no olvidarás comunicar por la mañana a su amigo que llegamos

seguro...

"Se refiere al individuo del linimen-

to... La muerte es la muerte y los negó-

cios son los negocios, prosigue George, y

mira... mis manos están limpias, dice,

enseñándoselas a Cloete. Cloete piensa: Se

está volviendo loco. Le agarra por los

hombros y empieza a sacudirle: Maldito

seas... si hubieras tenido el buen juicio de

saber qué decirle a tu hermano, si hubie-

ras tenido el coraje de simplemente ha-

blar con él, tú y tu moralidad, ahora

estaría vivo, grita.

"Tras esto George lo mira fijamente, luego se echa a llorar con grandes sollozos. Se tira en el sofá, entierra la cara en un cojín y berrea como un crío... Eso está mejor, piensa Cloete, y le deja, diciéndole al propietario que debe salir porque tiene algunos pequeños asuntos que arreglar esa noche. La mujer del dueño, también llorando, le alcanza en las escaleras: Oh, señor, esa pobre mujer se va a volver loca...

"Cloete la evita pensando para sí mismo: ¡Oh, no! No lo hará. Lo superará. Nadie se volverá loco con este asunto salvo que yo lo haga. No es la pena lo que vuelve loca a la gente, sino la preocupación.

"Ahí Cloete se equivocaba. Lo que afectó a la señora Harry fue que su marido se hubiese quitado la vida con ella, por así decir, mirándolo. Le dio tantas vueltas que en menos de un año la tuvieron que internar en un sanatorio. Era muy, muy tranquila, solo fue una tierna melancolía. Vivió largo tiempo.

"Bueno, Cloete avanza chapoteando bajo el viento y la lluvia. Nadie en las calles... se había calmado el bullicio. El encargado sale corriendo a encontrase con él en el pasillo y le dice: Por este lado no. No está en su habitación. No conseguimos meterle en la cama de ninguna manera. Está en el pequeño reservado de allí. Encendimos un fuego para él... Le ha dado de beber también, dice Cloete, nunca dije que correría con las bebidas. ¿Cuántas?... Dos, dice el otro. No pasa nada. No me importa hacer eso por un marinero náufrago... Cloete muestra su sonrisa divertida: ¿Eh? Venga. Las pagó... El tabernero parpadea... ¿Te dio dinero, verdad? ¡Habla!... ¡Y qué!, grita el hombre. ¿Qué pretende de todas formas? Obtuvo el cambio justo por su soberano.

"Eso es, dice Cloete. Entra en el reservado y allí ve a nuestro Stafford; los pelos de punta, con la camisa y los pantalones del propietario, los pies desnudos en zapatillas, sentado junto al fuego. Cuando ve a Cloete baja la mirada.

"No esperaba que nos volviéramos a encontrar, señor Cloete, dice Stafford tímidamente... Este tipo, cuando tenía el alcohol que quería... no era un borracho... ganaba esa especie de aire astuto, modesto... Pero desde que el capitán se suicidó, dice, he estado aquí sentado pensando en todo ello. Todo tipo de cosas suceden. Conspiración para perder el barco... intento de asesinato... y este suicidio. Porque si no fuera suicidio, señor Cloete, entonces conozco a una víctima del más cruel intento de asesinato a sangre fría, alguien que ha sufrido mil muertes. Y eso hace de las mil libras de las que hablamos en una ocasión una suma bastante insignificante. Vea lo conveniente que es este suicidio...

"Levanta la mirada hacia Cloete entonces, que le sonríe y se acerca bastante a la mesa.

"Usted mató a Harry Dunbar, susurra... El tipo lo mira con odio y enseña los dientes: ¡Por supuesto que lo hice! Llevaba una hora y media en ese camarote como una rata en un cepo... Encerrado y abandonado para que me ahogase en ese naufragio. Dejé que actuaran mis instintos. ¡Por supuesto que le disparé! Pensé que era usted, sabandija asesina, que venía a acabar conmigo. Abre la puerta de golpe y tropieza sobre mí, tenía un revólver en la mano y le disparé. Estaba loco. Hay hombres que se han vuelto locos por menos.

"Cloete lo mira sin cambiar la expresión. ¡Ajá!, esa es su historia, ¿verdad?... Y sacude la mesa ligeramente en su arrebato mientras habla apasionadamente... Ahora escuche la mía. ¿Qué conspiración es esa? ¿Quién la va a probar? Usted estaba allí para robar. Estaba inspeccionando su camarote, le descubrió por sorpresa con las manos en los cajones y le disparó con su propio revólver. Mató para robar... ¡para robar! Su hermano y los empleados de la oficina saben que él se llevó sesenta libras al mar. Sesenta libras en oro en una bolsa de tela. Me dijo dónde estaban. El timonel del bote salvavidas puede jurar que todos los cajones estaban vacíos. Y es usted tan idiota que antes de pasar media hora en tierra se gasta un soberano para pagar una bebida. Escúcheme. Si no aparece pasado mañana en las oficinas de los abogados de George Dunbar para hacer la declaración pertinente en cuanto a la pérdida del barco, pondré a la policía tras su pista. Pasado mañana...

"¿Y después qué? Ese Stafford empieza a arrancarse el pelo. Simplemente. Tira de él con las dos manos sin decir nada. Cloete empuja la mesa, lo cual casi tira al otro de su silla, tropezando con el guardafuego, al que se tiene que agarrar para asegurarse...

"Sabe el tipo de hombre que soy, dice Cloete ferozmente. He llegado a un punto en el que no me importa lo que me pase. Le dispararía ahora mismo por dos peniques.

"Al oír esto el sarnoso se esconde bajo la mesa. Luego Cloete sale, y al dirigirse a la calle... ya sabe, pequeñas casitas de pescadores, todo oscuro, además lloviendo a raudales... el otro abre la ventana del reservado y habla en una especie de gemido:

—Maldito diablo yanki... Me las pagará algún día.

"Cloete pasa de largo con una amarga risa, porque piensa que el tipo ya ha conseguido que se las pague de alguna manera, con solo enterarse.

Mi impresionante rufián se bebió lo que quedaba de su cerveza mientras sus ojos negros, hundidos, me miraban por encima del borde del vaso.

—No lo entiendo bien —dije—. ¿De qué manera?

Se incorporó un poco y explicó sin mucho desprecio que al morir el capitán Harry la mitad de su dinero del seguro fue a parar a su esposa, y sus albaceas por supuesto compraron bonos del estado con él. Lo suficiente para que ella no pasara penuria. La mitad de George Dunbar, como Cloete temió desde el principio, demostró no ser suficiente para lanzar el linimento con garantías. Otra gente de dinero entró, y estos dos tuvieron que abandonar el negocio prácticamente sin nada.

—Tengo curiosidad —dije— por saber cuál fue el origen de todo este trágico asunto... Quiero decir el linimento. ¿Lo sabe?

Dio el nombre, y silbé respetuosamente. Nada menos que las Pastillas Revitalizantes del Lumbago Parker. ¡Tremendo negocio! Las conoce, todo el mundo las conoce. Al menos uno de cada dos hombres en el mundo las ha probado.

—¡Vaya! —grité—, perdieron una inmensa fortuna.

—Sí —murmuró—, por el precio de un disparo de revólver.

Me contó también que con el tiempo Cloete había regresado a los Estados Unidos, como pasajero de un carguero en el Muelle Albert. La noche antes de partir se lo encontró deambulando por los muelles y le invitó a una copa en su casa. "Un tipo divertido Cloete. Estuvimos toda la noche sentados bebiendo grogs, hasta que se hizo la hora de subir a bordo."

Fue entonces cuando Cloete, sin amargura pero cansado, le contó esta historia, con la franqueza inconsciente de un tipo del negocio de linimentos carente de todo referente moral. Cloete finalizó puntualizando que "estaba harto del país".

Además, George Dunbar se había vuelto contra él al final. Cloete estaba claramente algo desencantado.

Por lo que respecta a Stafford, murió, reconocido holgazán, en algún hospital del East End, y en sus últimos días solicitó "un sacerdote" porque su conciencia no le dejaba en paz por haber matado a un hombre inocente. "Quería que alguien le dijera que todo estaba bien —gruñó mi viejo rufián despectivamente—. Le dijo al sacerdote que yo conocía a ese Cloete que había intentado asesinarlo, y así el sacerdote (que trabajaba entre los obreros del muelle) habló una vez conmigo sobre ello. Ese tipo rastrero al encontrarse atrapado pidió clemencia... Prometió ser bueno y demás... Después se volvió loco... gritaba y se tiraba, golpeaba su cabeza contra los mamparos... puede hacerse una idea de eso... ¿eh?... hasta que estuvo agotado. Paró. Se desmoronó, cerró los ojos y quiso rezar. Así lo dijo. Intentó pensar en una oración por una muerte rápida... tan aterrado estaba. Pensó que si tuviera un cuchillo o algo se cortaría el cuello y acabaría con el asunto.

Luego pensó: ¡No! Intentaría cortar la madera de alrededor del cerrojo... No tenía un cuchillo en su bolsillo... lloraba y pedía a Dios que le enviase una herramienta de algún tipo, cuando de pronto pensó: ¡Hacha! En la mayoría de los barcos hay un hacha de repuesto de emergencia guardada en el camarote del primer oficial en alguna taquilla... Se pone en pie de un salto... Totalmente oscuro. Saca todos los cajones para encontrar cerillas y, buscándolas a tientas, la primera cosa que encuentra... el revólver del capitán Harry. Además cargado. Se queda totalmente quieto. Puede hacer saltar el cerrojo de un tiro. ¿Lo ve? ¡Salvado! ¡Divina providencia! Hay cajas de cerillas también. Y piensa: Ya que estoy voy a ver qué hay por aquí.

"Enciende una cerilla y ve la pequeña bolsa de tela guardada en el fondo del cajón. Supo lo que era desde el primer momento. La mete en su bolsillo rápidamente. ¡Ajá! Se dice: Esto requiere más luz. Así que tira un montón de papel al suelo y le prende fuego, y empieza a revolver deprisa en busca de más cosas de valor. ¿A quién se le ocurre? Le dijo a ese pastor del East End que el diablo le tentó.

Primero la misericordia de Dios... luego

la obra del Diablo. Por turnos.

"Cualquier desgraciado rastrero pue-

de hablar así. Estaba tan ocupado con los

cajones que lo primero que oyó fue un

grito, cielo santo. Mira hacia arriba y la

puerta estaba abierta (Cloete había dejado

la llave puesta), y el capitán Harry allí

sobre él, con aspecto fiero a la luz de los

papeles ardiendo. Se le saltaban los ojos

de las órbitas. Robando, le grita. ¡Un mari-

no! ¡Un oficial! ¡No! Un despojo como tú

no merece más que el que le dejen aquí para que se ahogue.

"El Stafford este... en su lecho de muerte... le dijo al pastor que cuando oyó estas palabras se volvió loco de nuevo. Sacó rápidamente la mano con el revólver del cajón empuñado y disparó sin apuntar. El capitán Harry cayó adentro como una piedra encima de los papeles ardiendo, apagando la hoguera. Todo oscuro. Ni un sonido. Escuchó durante un momento, luego soltó el revólver y salió corriendo a cubierta como un loco.

El viejo golpeó la mesa con su enorme puño.

—Lo que me pone enfermo es escuchar a todos estos estúpidos barqueros decir a la gente que el capitán se suicidó. ¡Bah! El capitán Harry era un hombre que podía encarar a su Hacedor cuando fuera, allí arriba y también aquí abajo. No era el tipo de persona que le volviera la cara a la vida. ¡Él no! Era un buen hombre de los pies a la cabeza. Me dio mi primer trabajo como estibador solo tres días después de que me casara.

Cómo librar al capitán Harry de la

acusación de suicidio parecía ser su único fin, no le di las gracias demasiado efusivamente por su material. Y en cualquier caso tampoco merecía demasiado las gracias.

Porque es demasiado alarmante incluso pensar que estas cosas puedan pasar en nuestro respetable Canal a la vista, por así decir, del lujoso tráfico continental a Suiza y Monte Carlo. Para que esta historia fuera creíble tendría que haber sido trasladada a algún lugar de los Mares del Sur. Pero habría costado mucho trabajo adaptarla para el consumo de los lectores de revistas. Así que aquí está en crudo, por así decir... tal como me la contaron a mí... pero desgraciadamente carente del impactante efecto del narrador; el más imponente viejo rufián que jamás siguiera la nada romántica carrera de estibador jefe en el puerto de Londres.

FIN

Octubre 1910

Libros Mablaz

Narrativa — Relatos

/www.librosmablaz.com/